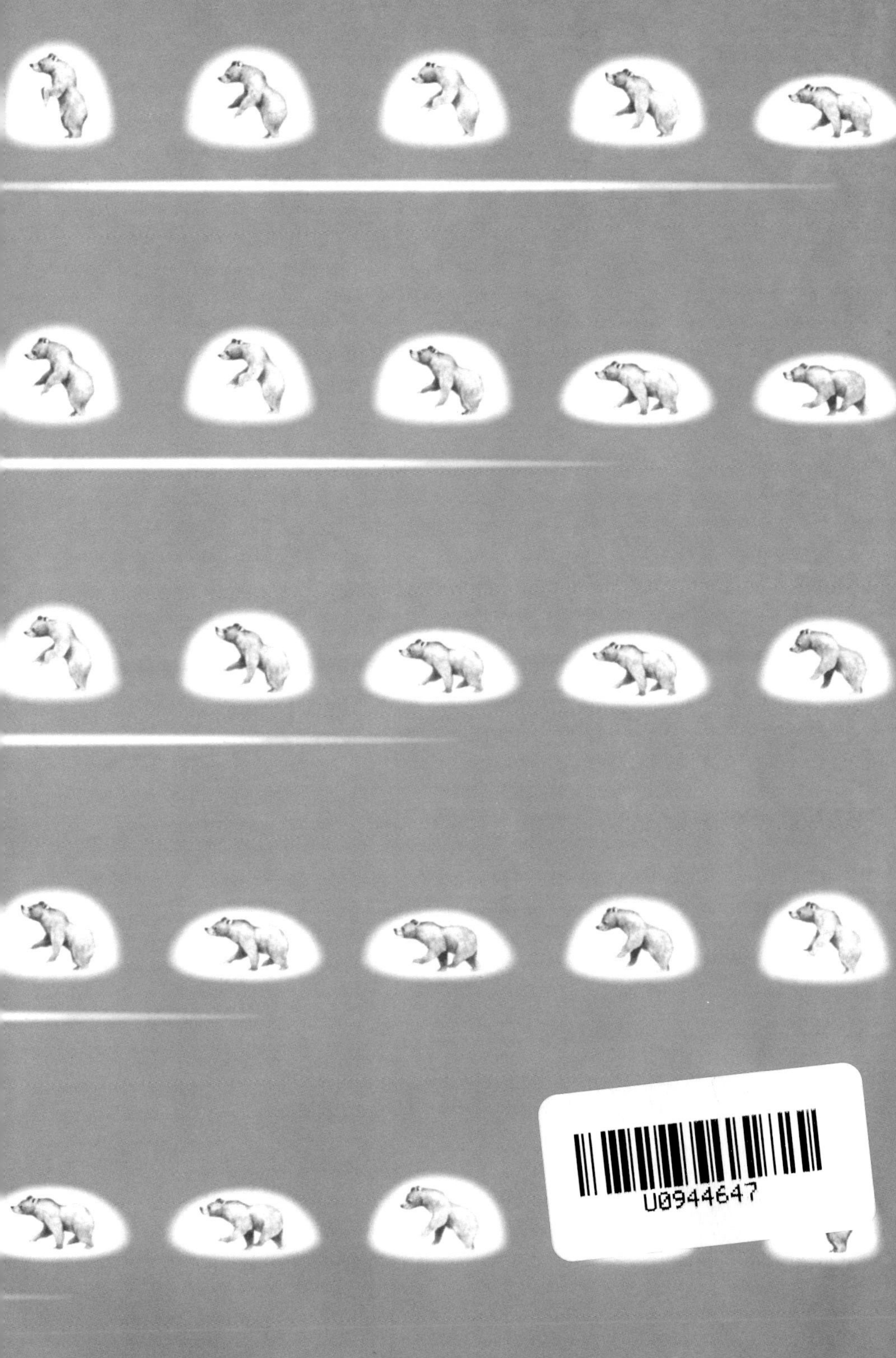
U0944647

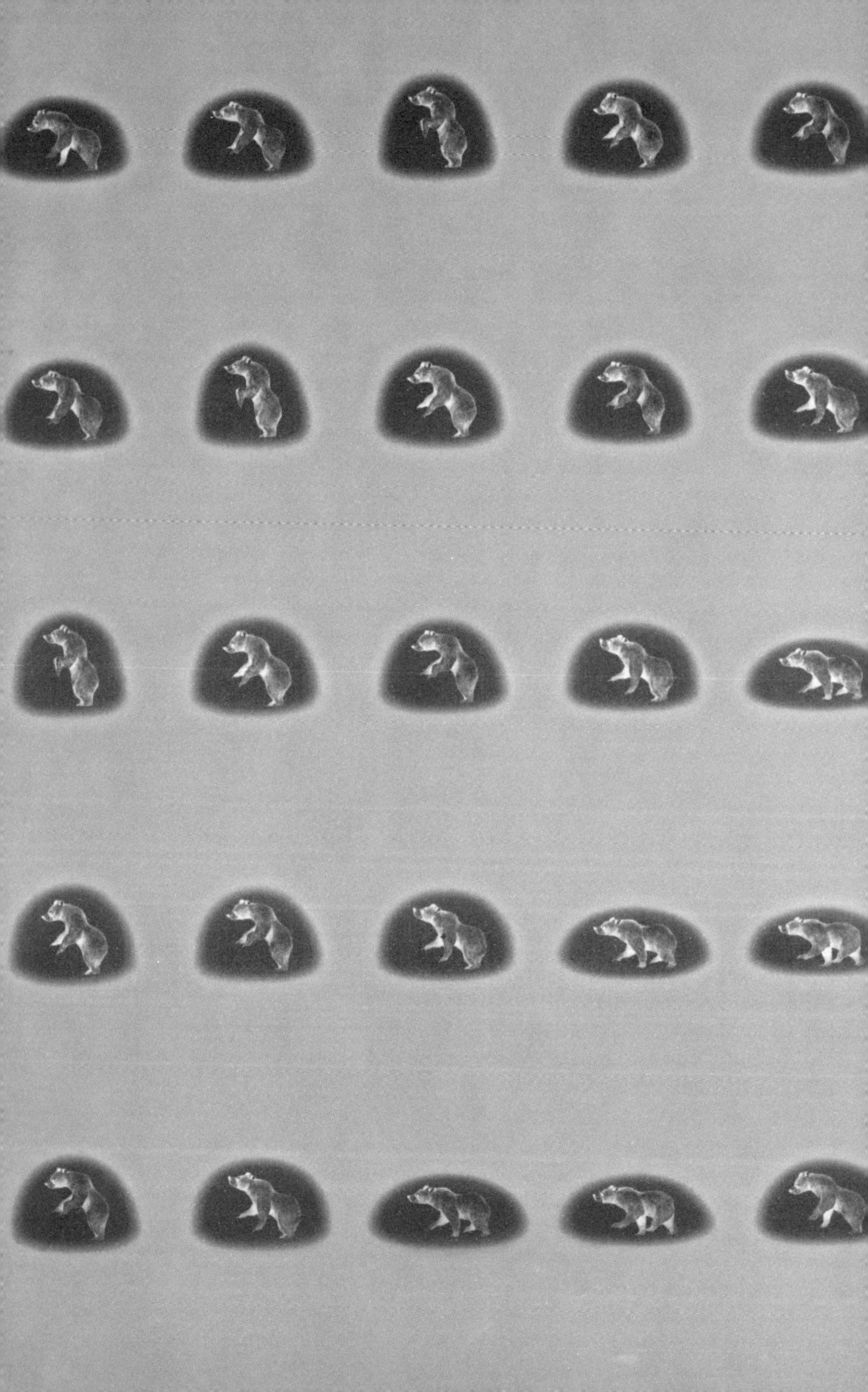

[日] 小林清之介/文　[日] 高桥清/图　王维幸/译

2

塔拉克山的熊王

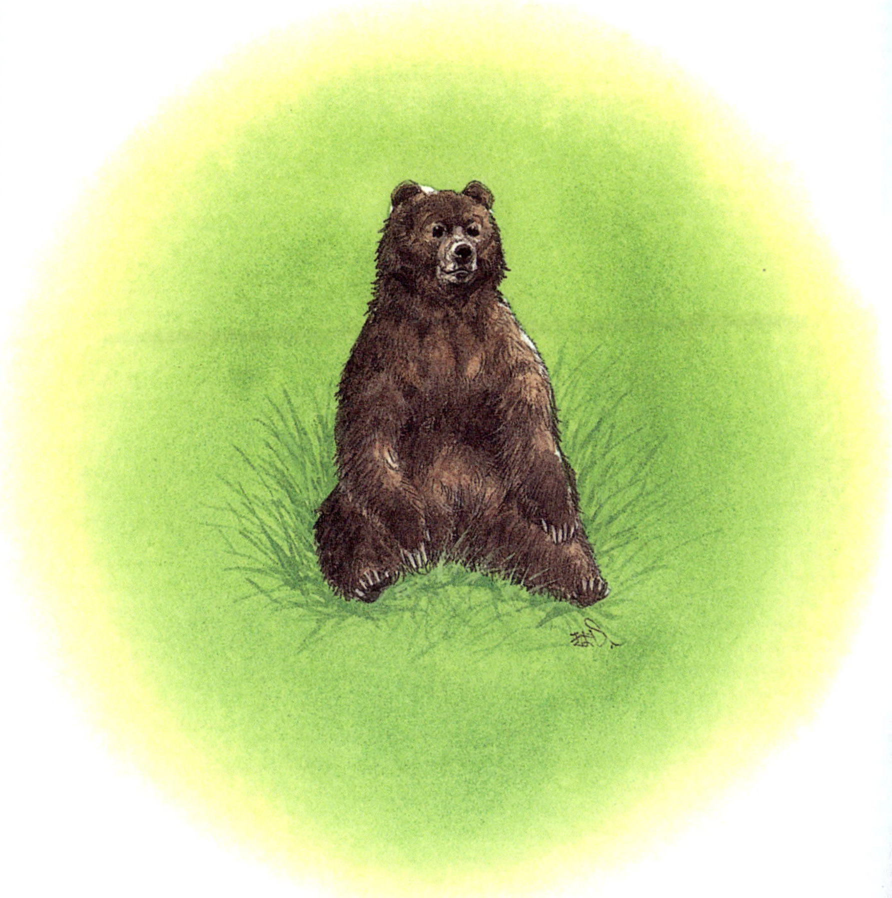

中国人口出版社
China Population Publishing House
全国百佳出版单位

前　言

在北美，有一个名叫西顿的大叔，他非常喜欢动物。

他常常观察动物，还写了很多动物故事，除了狼、狗熊和鹿以外，还有许多其他的动物。

他的故事不仅生动有趣，还活灵活现地描绘了动物们的生活状态。

专治胡蜂的高手

这儿是塔拉克山脚下的一处小屋。有个猎人名叫莱昂·卡尔杨，他饲养着两只小熊。

这些小熊是他一个来月前在

山谷里捉到的。

莱昂给它们分别取了名字，小公熊叫“杰克”，小母熊叫“吉尔”。

杰克是一只非常可爱的小熊，喜欢撒娇。吉尔却相反，每天都板着脸，跟人一点儿也不亲近。

有一天，莱昂带着杰克去山谷割草，为马儿准备过冬的草料。

莱昂正挥着镰刀，咦？他无意间在地上发现一个小洞，还有一些小蜂正在进进出出。原来是一个胡蜂巢。

“喂，杰克，有蜂蜜！”

莱昂大声朝对面的杰克喊。杰克抽动着鼻子跑过来。

熊非常喜爱蜂蜜，不管成年熊还是小熊，都喜欢吃胡蜂巢里贮藏的蜂蜜。

杰克蹑手蹑脚地挨近蜂巢。

可千万不能“呱嗒呱嗒”地靠近。不然胡蜂会生气蜇人的。如果被毒针蜇中，会很疼很疼的。

杰克以前就被胡蜂欺负过好多次。不过，这反而让它学会了对付胡蜂的办法。

突然，杰克闪电般地挥起前掌。“啪啪啪！”眨眼间就把那些嗡嗡叫的胡蜂全拍死了。

不过，现在还不能大意哦，蜂巢里还会留有胡蜂的。

杰克使劲抽着鼻子，闻着地上的气味。确实还有胡蜂的气味。

杰克这次反了过来，“咕咚咕咚”地使劲跺起脚来，把洞里的胡蜂全赶了出来。

胡蜂一个个爬出来，可刚一出来就被杰克拍死了。

不一会儿，一只胡蜂也没有了。

好！挖蜂巢喽！

杰克小心翼翼地在地里挖着，挖出一个又大又圆的蜂巢。

里面储存着好多胡蜂采的花蜜。

“啊，真香！真甜！”

杰克贪婪地舔起蜂蜜来。

吃光蜂蜜后还有幼虫呢，胡蜂的幼虫又白又嫩，还油汪汪的，可好吃了。

杰克美滋滋地嚼着胡蜂的幼虫，一个个全填进了肚里。

吃完后，它还不过瘾，又把刚才拍死的老蜂一个个捡起来，全给吃掉了。

莱昂把杰克巧妙挖胡蜂巢的故事告诉了朋友伯纳米，伯纳米一拍手，说：

“好！既然这样，我有一样更好玩儿的东西。”

说着，就把莱昂和杰克领到河边的一棵大树旁。

树上有一个圆圆的马蜂窝。

马蜂窝特别大，能有人的一抱那么粗。

莱昂立刻明白了伯纳米的用意。杰克是巧妙地搞到蜂巢？还是会被马蜂吓跑呢？

“杰克，你瞧，蜂蜜！”

莱昂一拍杰克的屁股。

真的？

杰克“哧溜哧溜”地往树上爬去。

马蜂在巢和巢的周围嗡嗡乱叫。这些马蜂个头儿特别大，万一被蜇中可就惨了。

危险！

杰克在树上想了一下，突然做出一个大胆的举动。

它朝蜂巢猛地一跳，用两条前腿抱住蜂巢从树上跳了下来。不是朝地面，而是朝着河水，“扑通”跳了进去。

杰克潜进水里，前腿抱着蜂巢，用后腿的趾甲“咯吱咯吱”地把蜂巢撕开。

差不多了吧？

杰克轻轻松开手，爬上岸来。

被撕裂的蜂巢泡在水里，顺流而下。杰克顺着河岸追下去。

蜂巢在浅水处被石头挡住。杰克“呼啦呼啦”地走进河里，把蜂巢抱上来。

由于一直被泡在水里，马蜂全被淹死了。

蜂巢里居然一点儿蜜都没有。因为马蜂并不采花蜜。不过，里面却有好多胖滚滚的幼虫。

杰克把马蜂的幼虫一个个全吃掉，肚子撑得像气球一样。

“嘿，真狡猾！”

伯纳米和莱昂都很吃惊。

被卖给旅行的男子

小熊杰克和吉尔一天天长大。莱昂很为杰克担心。

“万一在树林里遇上陌生人，被误当成山里的狗熊可怎么办？说不定会被猎枪打死的。”

牧羊人伯纳米想了想说：

“既然这样，那你挂上一个‘人养的熊’的记号不就行了？在耳朵上打个眼儿。”说完，还送给莱昂两个给羊用的铁环。

莱昂用打孔机在杰克的两只耳朵上各打了一个洞，每个洞挂上一个铁环。

可是，这个办法却失败了。因为铁环很容易被四周的东西钩住。

四五天后，杰克就用左耳拖着一段树枝回来了。也许是树枝把铁环拽得太厉害了，杰克的耳朵有点儿溃烂，还把原来的眼儿弄得更大了。

“好好好，很疼的吧？这东西太碍事，我马上就帮你摘下来。”

莱昂把两个耳环全给拆了下来。可是，打上洞的耳朵却再也无法复原了。伤疤恐怕要在耳朵上留一辈子了。

有一天，莱昂外出办事。杰克没有了玩伴，无聊极了。这时，巧妙拆下脖圈获得自由的吉尔走了过来。

两只小熊凑在一起，纵情地玩闹起来。它们钻进食物储藏室，把所有食物都给糟蹋了。

小麦粉、黄油、发酵粉，它们把桶抱起来，“扑通扑通”，一个个全给扔到了地上。还在上面打滚玩儿。

莱昂回来一看：“你们这两个坏蛋！太过分了！”

可是杰克一点儿也没觉着自己做错了事，它还用后腿站起来，向莱昂张开沾满黄油的前腿，好像在说：

“来，抱一个。”

莱昂抱起头。

“啊，今天真倒霉。”

他刚才在森林里把猎枪掉到了地上，摔坏了。回到小屋一看，食物又让小熊全给糟蹋了。山里连个买东西的地方都没有。不知怎么办才好。

傍晚，一个正在旅行的男人来到了小屋。

“这一带一户人家都没有，今晚能不能让我在这儿借宿？”

事情就发生在这天晚上。旅行的男人看到滚来滚去的杰克，十分喜欢。

“怎么样？你干脆把这只小熊卖给我吧。我给你 25 美金。”

莱昂半开玩笑地说："你要是给我 50 美金，我就把两只小熊全卖给你。"

结果，旅行者真的把一摞钞票放在莱昂面前："50 美金是吧？好，我买了。"

变成牧场里的熊

在故事发生的时代，50 美金可是一大笔钱。眼下食物全被糟蹋了，如果有了这笔钱，不知能得到多大帮助呢。莱昂把心一横，决定把两只小熊卖掉。

第二天早晨，旅行者把小熊分别装进两个笼子，驮在了马背上。

“再见。保重。”

说完，旅人离去了。杰克呜呜哭泣的声音也逐渐远去。

过了一会儿，莱昂忽然后悔了，他心里难受极了。

“啊，我做了一件多么过分的事。我不需要这种钱。我得把杰克要回来。”

他骑马朝男人追去。追了两个来小时，终于追上了男人。

“是你说要卖，我才买下的。你怎么能反悔呢？”

男人生气了，怎么也不把杰克还给他。莱昂只好流着泪，回到小熊们早已不在的小屋。

旅行者虽然嘴上很硬，却是一个很善变的人。眨眼工夫，他就把小熊们当成了累赘。

路过一处牧场时，牧场主看到小熊，就拦住男人，说：

“我想用一匹马来换你的两只小熊，你看怎么样？”

“行，当然可以。”

男人高兴地把小熊卸下来，接过马匹，痛快地走了。

就这样，杰克和吉尔就被饲养在了牧场上。这处牧场有照看牛的牛仔，还有留宿旅人的小旅馆。

杰克被用链子拴在了旅馆院里的一根柱子上。吉尔不愿意被拴着，它弄伤了牧场主，后来不知被弄到了哪里。

杰克最终变成了孤零零的一个。

逃进山里

牧场主丢给杰克一个很小的空黄油桶，杰克就把桶当成自己的窝，孤零零地趴在歪倒的桶里。

可是，空黄油桶很快就装不下它了。

牧场主就给它换了一个空钉桶，后来又换成一个空油桶。总之，桶变得越来越大。

杰克不断长大。它现在已经有1岁零5个月大了。人1岁零5个月还是个小孩子，可是熊比人长得快。1岁零5个月就已经是一名出色的青年，是大人了。

无论多么可爱、多么乖巧的

小熊，一旦成年后，脾气就会变得粗暴起来。

并且，杰克还是灰熊，这是一种更凶暴的熊。

就算是许多只犬加起来也不是杰克的对手。曾经有一个醉汉戏弄杰克，结果被它弄得重伤。

人们都说：“那头熊很危险。千万不要靠近。”

7月4日是美国的独立纪念日，是美国成为一个独立国家的日子。这一天，美国到处都要搞庆祝活动。

就在纪念日的前几天，一份海报贴到了各个街口：“一场灰熊与狂牛之间的殊死较量！将在独立纪念日那天在牧场的广场激情上演！”

牧场里有旅馆的事我们在前面已经说过了吧？旅馆里有一家酒吧，想出让灰熊与狂牛决斗这个点子的，就是这家酒吧的老板。

终于到了7月4日，观众们一大早就纷纷涌来。

一头巨大的狂牛被牵到了广场上。

杰克仍被装在平时那个大桶里，“咕噜咕噜”地被滚着运来。

今天的杰克既没有拴脖圈也没有拴链子。为防止它随意跳出来，人们就在桶上紧紧地盖了一个盖子。

狂牛瞪着眼珠子，呼呼地喘着粗气，等杰克出来。

盖子被打开了。可是，杰克仍趴在桶里一动不动。这样是无法决斗的。于是，有人往桶里扔了一串花炮。

“噼啪，噼啪，噼啪，砰！”花炮发出巨大的声音。杰克吓了一跳，忽地从桶里跳了出来。

杰克势如猛虎。狂牛一下被吓坏了，不敢决斗，掉头就逃。

杰克一开始就不想决斗。它站在广场中央，打量了一下四周。

束缚自己的脖圈和链子今天都被解掉了，最适合逃跑了。

那边的栅栏好爬！

杰克立刻在栅栏中发现了一处最好爬的地方。

杰克风驰电掣，眨眼间就翻过栅栏，跑到了外面。

“啊！别让熊逃跑了！”

四五个牛仔骑马追过来。可是，杰克的步子太快了。它一路飞奔，眨眼间就跑出了三五百米。

它游过河流，朝对面的山里跑去。

只要逃进山里就安全了！

杰克一进山就朝崇山峻岭不断爬去。那儿正是杰克出生的塔拉克山。

被叫作熊王

又过了很久很久，杰克已经完全成了一头山里的熊，一头无比强壮的灰熊。

一天晚上，一阵阵羊的气味随风飘来，飘进了杰克的鼻子里。

“啊，好香啊。想吃羊肉，好想吃羊肉啊！”

只靠野果和草莓已经填不饱杰克的肚子了，它只想吃动物肉。

为什么呢？这也难怪。因为灰熊这种动物，成年后是无法不吃肉的。

它来到山脚下，看到有一堆篝火。一名牧羊人和一只狗在篝火旁睡得正香。

再往后走是一处圆木围栏，里面睡着许多羊。

杰克悄悄靠近围栏，用强壮的前脚打破围栏。然后一掌击倒一只羊，背起来就逃。

“砰——砰——”惊醒的牧羊人连放了两枪，可子弹全打偏了，没击中杰克。

牧羊犬追了过来，可也没有杰克跑得快。

杰克在山上吃掉了抢来的羊，吃得饱饱的。

“啊，太香了。头一次吃到这么美味的东西。”

从此以后，杰克就更想吃羊肉了，忍都忍不住。它经常下山，抢走一只又一只。

牧羊人愁坏了。有一天，他在路上遇到一名猎人，就向猎人求助。

猎人发现牧羊人脖子上挂着一个布袋，里面装着砂金（金砂）。

猎人说："如果你把砂金给我，我就帮你消灭熊……"牧羊人就把砂金袋子交到猎人的手上，说："给你，后面就全拜托你了。"

“好，我答应你。我叫莱昂·卡尔杨。”

原来，这名猎人就是莱昂。莱昂做梦都没想到，杀死羊的灰熊竟然就是长大后的小熊杰克。

杰克现在的目标已经不只是羊了，牛、马、猪，它碰到什么就咬什么，然后全给吃掉。它成了各个牧场主最害怕的敌人。

“我们悬赏吧。谁杀死那只灰熊，我们就重金奖赏谁。”

有个牧场主提议。就这样，赏金不断增长。

杰克被人们称作了“塔拉克山的熊王”。

有一种亲切的气息

为了得到赏金，很多猎人都盯上了熊王。莱昂·卡尔杨也豁了出去。

他多次发现熊王，并开枪向它射击。可是，强壮的熊王一点儿都不在乎。有一次，熊王差点儿把莱昂杀死。

熊王压在摔倒的莱昂身上。莱昂趴在地上，一动不动地装死。

结果，也不知熊王想起了什么，居然把抬起的前脚又缩了回去，慢吞吞地走掉了。

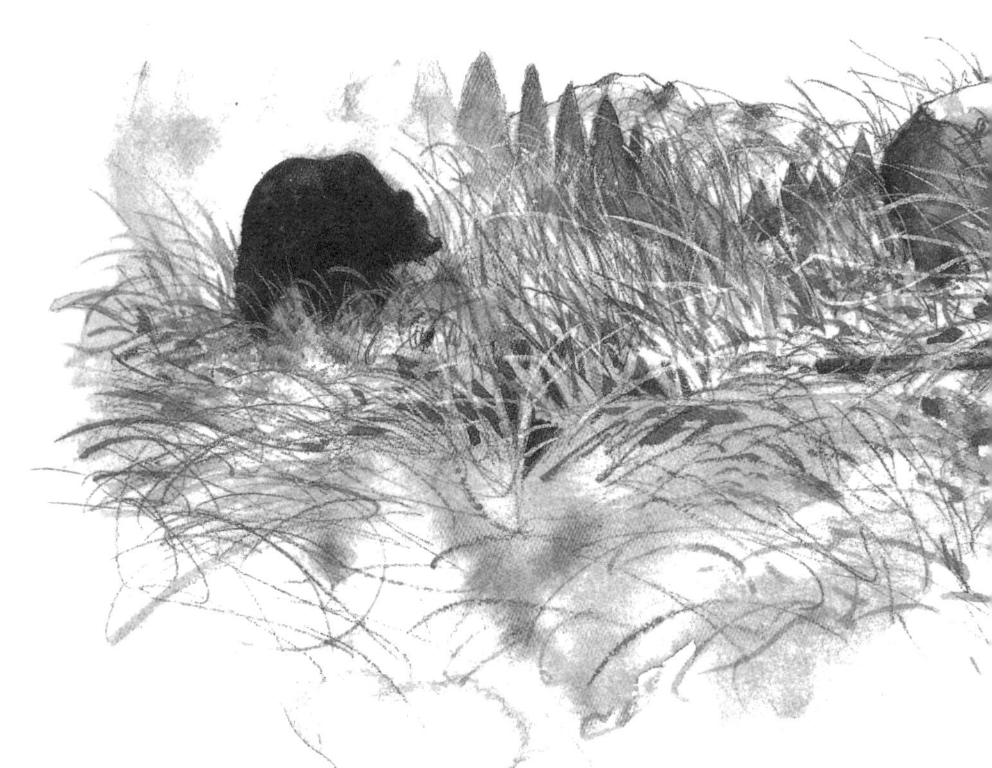

“如果遇到熊，只要装死就没事。”莱昂逢人便骄傲地说。

熊王真的认为莱昂死了吗？

不，不是的。熊王是闻到了莱昂身上的气味：

“咦？这人身上怎么有一种亲切的气味，虽然自己也弄不清是怎么回事，可的确有一种亲切的、久违的气味。”因为它是这么想的，所以才没有伤害莱昂。

熊这种动物记性不好。

自己小时候曾被莱昂饲养过，被喊作杰克之类的事，熊王全都给忘掉了。

可是，莱昂身上的气味却唤醒了它幼时的一丝记忆。

用胡蜂巢做诱饵

莱昂抱着胳膊思考起来。

“对，有了。干脆用胡蜂巢来引诱熊王。”

莱昂找到一个很大的胡蜂巢，挖出来。蜂巢里装满了香甜的蜂蜜。莱昂把蜂巢放进一个圆木做的笼子里，笼子非常牢固。

他又在笼子上做了一个机关，一旦熊去揪蜂巢，入口的门就会“吧嗒”一下自动落下来。

果然，熊王被蜂蜜的气味引诱过来。它一进笼子就拼命地舔蜂蜜。

可当它想撕开蜂巢再多舔一些时，“吧嗒！”入口的门忽然落了下来。

熊王根本就没当一回事。以前它被这种巨大的笼子给关住好多次。每一次它都能用惊人的力气打破笼子逃走。

它舔着舔着，咦，奇怪啊？自己怎么打盹了呢？

“啊，好困啊。”

“扑通！”熊王一下倒在笼子里，昏睡了过去。原来，莱昂往蜂蜜里掺了安眠药。

杰克，蜂蜜！

人们决定把熊王饲养在城市公园里，就用链子把它五花大绑地捆起来，运到了公园的笼子里。

笼子十分牢固，熊王怎么撞都撞不坏。

“啊，完了。逃不掉了！”

熊王失望地趴在了笼子里。

然后它就再也不想动了，也不吃食物。如果照这样下去，它就只能等死了。

公园的人向陪熊王一起来到城市的莱昂求助。莱昂立刻来到公园，把手伸进笼子里。

“好可怜啊！”

他想抚摸一下熊王的头，忽然，他看到了那一对大耳朵。

“咦，耳朵上怎么有洞啊？而且，洞上还有一处很大的豁口！”

莱昂不禁大叫起来。

“杰克！我从前饲养过的小熊杰克！”

莱昂懊悔不已。自己对杰克做了多么过分的事！

莱昂急忙跑回旅馆，把自己寄存的大蜂巢取来。

“喂，杰克，蜜！蜂蜜！”

莱昂不断地喊着，还把自己的手放到熊王的鼻尖上。

杰克轻轻抬起头。虽然眼睛还闭着，可巨大的鼻子却微微动了两三下。

杰克还记得莱昂的声音和语调吗？

不，熊跟猫和狗是不同的，它记性很不好。那些久远的记忆早就消失了。

不过，莱昂手上的气味和身体气味跟蜂蜜气味混在一起，略微动摇了熊王的内心。

“对，没错！这动鼻子的动作正是你高兴时的反应！”

莱昂高兴得流出了眼泪。

杰克睁开眼睛，用巨大的舌头舔起蜂蜜来。它再次找到了活下去的希望。

从前被叫作杰克，后来又被叫作熊王的这头灰熊，至今仍健壮地生活在公园的笼子里。

后来，莱昂又来看望过它一次，可悲的是，熊王杰克始终没有记起莱昂来。

它只是凝望着莱昂头顶上遥远的对面，大概是想起了此前生活的家乡吧！

西顿与熊

在介绍《塔拉克山的熊王》之前，我们必须先说一说《灰熊传记》的事情。西顿在1900年，即40岁的时候写过一本叫《灰熊传记》的书（未收入翌桧书房版），获得了极大好评。

而就在三年前，西顿去怀俄明州的黄石公园时曾看到很多野生的熊。说是公园，其实是一片在日本根本就无法想象的广袤土地，那里有森林，有草原，有河流，还开设着酒店，可以留宿那些夏季的游客。

酒店的后院有一处垃圾场，那些野生的熊经常来寻找剩饭吃。这些熊主要有两种，灰熊

和美洲黑熊，其中还有一只毛色发白的大灰熊，名叫“瓦布”。

据说这是一只性格十分暴躁的熊，不过在那个保护野生熊的公园里，它似乎显得十分老实。西顿对这只熊很感兴趣，就以此为主人公写了一个故事，从它小时候一直写到老年，直到最后死于事故。

不过，由于对熊的琐碎生活不可能逐一去了解，所以，这个故事只是他根据很多听来的故事，并糅合一些自己的观察写成的。正如前面所介绍的，由于该作品深受好评，所以在三年后的 1903 年，西顿就想再写一个另一只灰熊的故事。

因为在此之前，他曾在旧金山金门公园的笼子里看到一只健壮的灰熊。他照例收集了很多有关熊的材料，之所以把塔拉克山当作舞台，是因为那里也有一只大灰熊。

他还在卷首的“献词”里感谢那些给自己讲奇闻趣事的人们，他说：“谨把此书献给那些在塔拉克山的松树林度过的日子。本故事其实是我在山中篝火的旁边从两个野男人那儿听来的。”这里所说的野男人，恐怕不是猎人就是樵夫吧。

《塔拉克山的熊王》也获得了不下于前部作品的好评。由于篇幅的关系，这里只介绍了一些主要情节，细枝末节则省略掉了。

熊与其同类

生活在北美大陆的熊主要有灰熊和美洲黑熊两种。灰熊个头比美洲熊大一些，差不多是北海道马熊的微缩版。样子虽然跟马熊类似，可脸却是凹心脸，肩部高耸。

虽然名字叫灰熊，可实际的毛色却并非灰色，而更接近灰褐色或黄褐色。其中还有一些发黑或发红的。另外还有个别品种的熊毛颜色稍发白，比如瓦布。

灰熊的体长有 2 米左右，体重达 390 千克，个头很大。不过，刚出生时仅有 300 克左右，只有老鼠那么大。

日本的月轮熊体长有1.4米，体重在180千克左右。不过，它刚出生时却比灰熊大，有370克。真是一种有趣的现象。

灰熊性情暴躁，嗜好肉食，能够扑倒一些像鹿一样的大型野生动物，有时还会袭击人类饲养的牛、马、猪、羊等家畜。它们会把杀死的动物藏在土、树叶或雪的下面，每天前去取食。稍微腐烂一些也没关系。

若是在很小的时候给它喂食，熊就会和人十分亲近。不过，这只是在最初的一年左右，随着成长，它会逐渐表现出本来的野性，变得危险起来。从前像小狗一样温顺的熊会突然凶残起来，经常袭击周围的人，有时还会袭击饲养人，把人弄伤。

有时候还会不知不觉地从饲养人那里逃出去，回归野生生活。《塔拉克山的熊王》便是这样的情节，这种情况其实是时有发生的。

熊对人的脸和声音的记忆似乎不是很好。有个美国人曾把一只饲养了一年半的灰熊赠送给动物园。然而当他一年后再次访问那头熊，并用从前的语气跟熊说话时，熊已经全然认不出他，一点儿反应都没有，这是一件真事。

西顿也在故事中介绍了熊王记忆力匮乏的情况，因为类似的实例有很多。“哪怕只是一些细小的细节，我也会去调查的，而不是凭空想象。”这便是西顿的座右铭。

小林清之介

小林清之介

1920 年生于东京，曾在动物学者岛春雄、昆虫学者石井悌等人的指导下饲养并观察野鸟、昆虫及其他小动物，多年来致力于动物资料的收集活动。

1962 年以后开始作家生涯，不仅为成人撰写动物随笔、动物启蒙说明，还专为儿童撰写了不少有趣的动物故事，近年来在俳句方面的著述也颇丰。

主要著述有：面向成人的《麻雀的四季》（全集日本动物志 2）（讲谈社）、《季语深耕·鸟》《季语深耕·虫》（角川书店）、《日本的小动物志——昆虫与野鸟》（每日新闻社）、《动物五百句》（明治书院），面向儿童的《日本昆虫记》全五卷（翌桧书房）、《野鸟的四季》（第 23 届小学馆文学奖）（小峰书店）、《法布尔（传记）》（行政）等书。

高桥清

少年时期即对昆虫和花草感兴趣，成年后从事油画创作，同时活跃于动植物与昆虫相关的绘本和插图领域。

著有《法布尔昆虫记（全 10 卷）》的插图等数种（翌桧书房），绘本方面则有《道旁的四季》等数种（福音馆书店），另外，还在各出版社从事昆虫、植物等自然生态类的插图、图鉴的创作。

参加过“行动美术协会会员（油画）壳奖展”“安井奖展”等画展。日本理科美术协会会员。

版权登记号：01—2016—6597
TARAKU YAMA NO KUMAOU YOUNEN BAN SHI TON DOUBUTSUKI
Text copyright © 1996 by Seinosuke Kobayashi
Illustration copyright © 1996 by Kiyoshi Takahashi
Original Japanese edition published by Asunaro Shobo Co., Ltd.
Simplified Chinese translation rights arranged with Asunaro Shobo Co., Ltd.
Through The English Agency (Japan) Ltd. and Eric Yang Agency, Beijing Office
Simplified Chinese translation copyright © 2016 by Hubei Joyful—reading Culture Communication Co.,Ltd.
All Rights Reserved
本书简体中文版权属湖北朗阅文化传媒有限公司所有

图书在版编目（CIP）数据

塔拉克山的熊王/（日）小林清之介文；（日）高桥清图；王维幸译.——北京：中国人口出版社，2017.11
（西顿动物记）

ISBN 978—7—5101—4680—0

Ⅰ.①塔… Ⅱ.①小…②高…③王… Ⅲ.①儿童故事—图画故事—日本—现代Ⅳ.①I313.85

中国版本图书馆CIP数据核字（2016）第231460号

西顿动物记

塔拉克山的熊王

出版发行 中国人口出版社
社　　长 邱　立
责任编辑 张文超
特约编辑 魏亚西
印　　刷 北京中科印刷有限公司
书　　号 978－7－5101－4680－0
开　　本 787mm×1092mm　1/16
印　　张 6
字　　数 40千字
版　　次 2017年11月第1版
印　　次 2017年11月第1次印刷
网　　址 www.rkcbs.net
电子邮箱 rkcbs@126.com
总编室电话 (010)83519392
电　　话 (010)83534662
传　　真 (010)83518190
地　　址 北京市西城区广安门南街80号中加大厦
邮　　编 100054
定　　价 35.80元

版权所有　侵权必究　质量问题　随时调换

绿色印刷　保护环境　爱护健康

亲爱的读者朋友：

本书已入选“北京市绿色印刷工程——优秀出版物绿色印刷示范项目”。它采用绿色印刷标准印制，在封底印有“绿色印刷产品”标志。

按照国家环境标准（HJ2503-2011）《环境标志产品技术要求　印刷　第一部分：平版印刷》，本书选用环保型纸张、油墨、胶水等原辅材料，生产过程注重节能减排，印刷产品符合人体健康要求。

选择绿色印刷图书，畅享环保健康阅读！

北京市绿色印刷工程

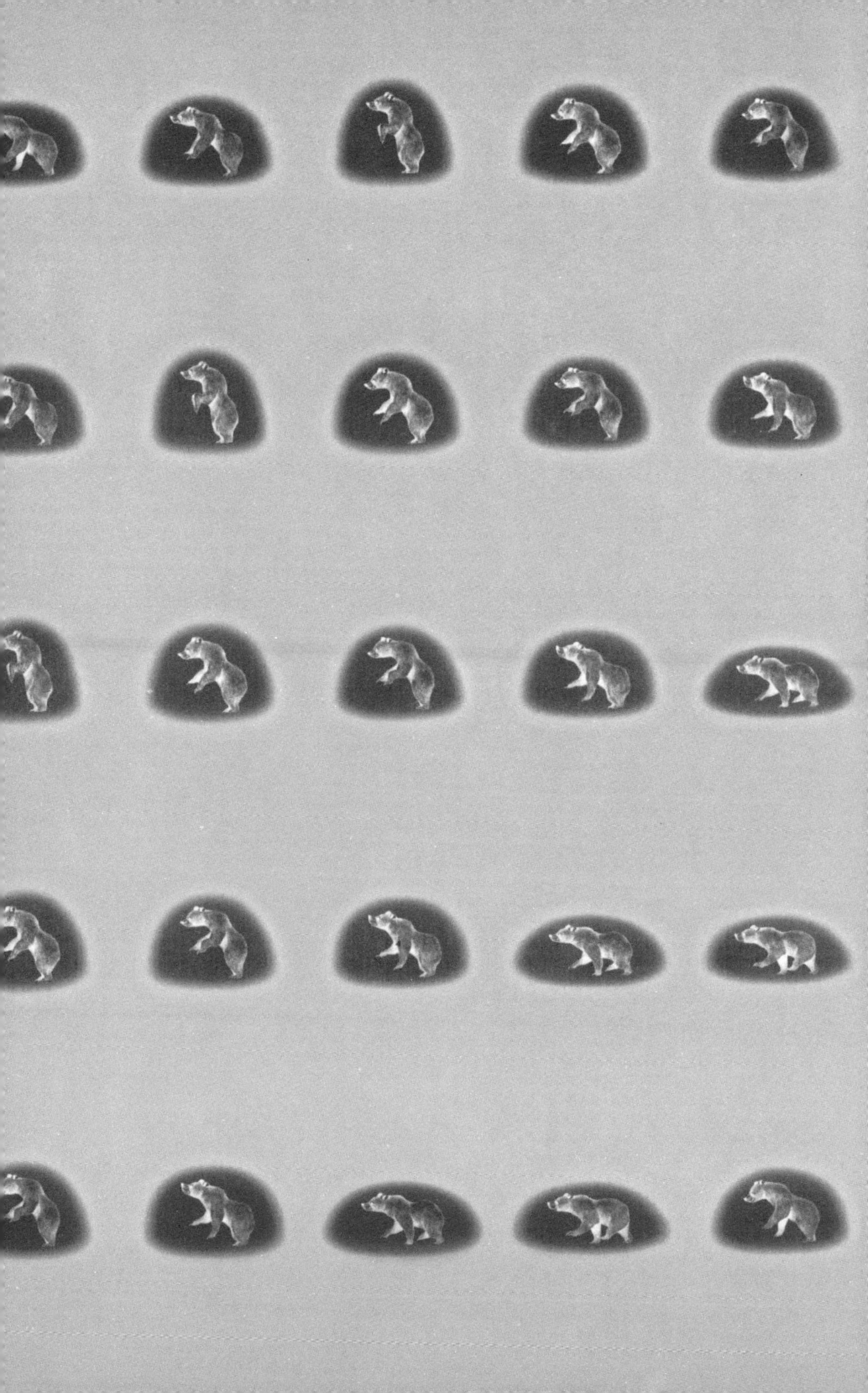

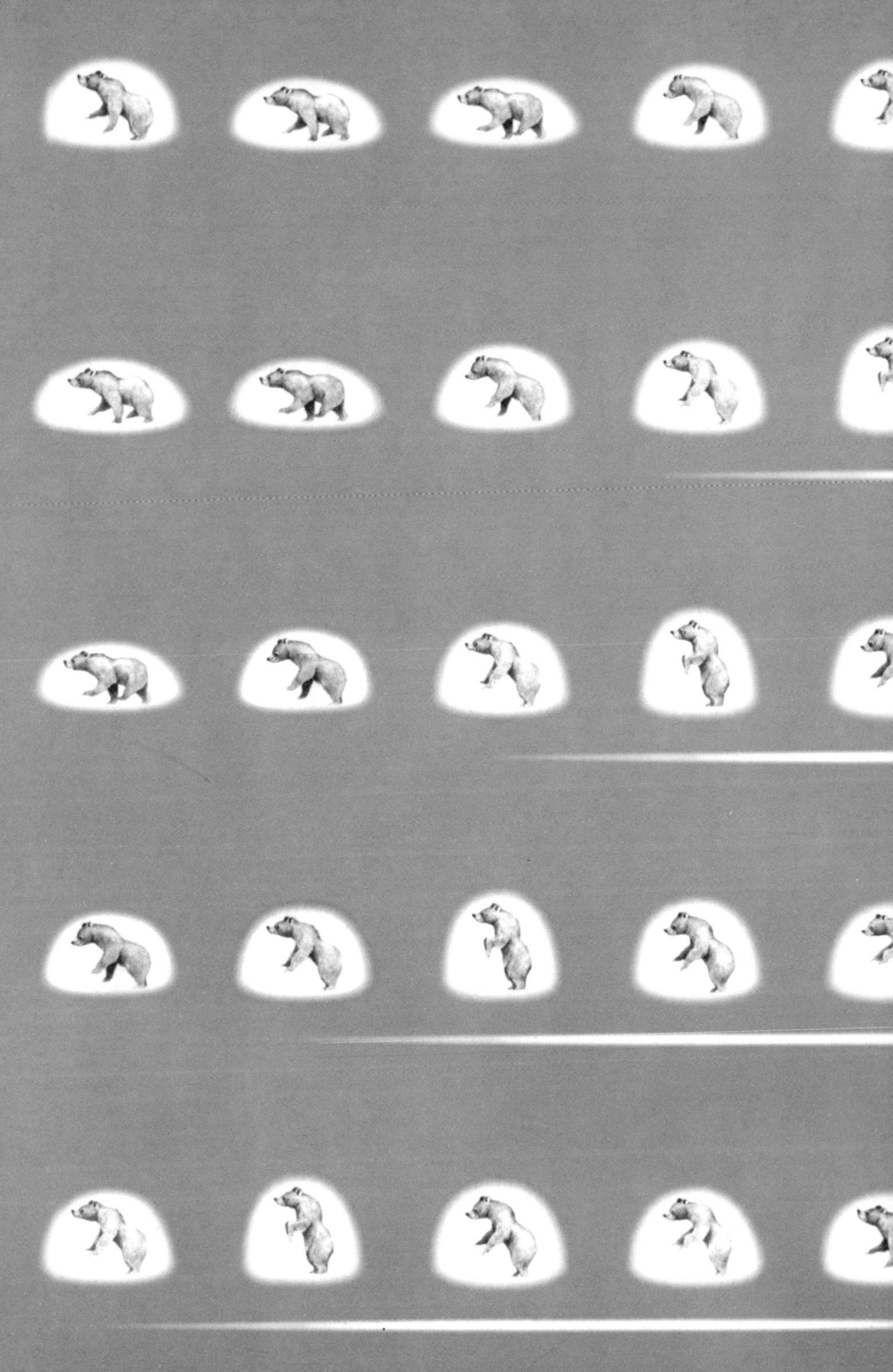